小小思考家 ❶

等啊等，在排什麼隊呀？

繪本 0261

文 · 圖｜高畠那生　譯者｜黃惠綺

責任編輯｜陳毓書　特約編輯｜游嘉惠
美術設計｜黃育蘋　書末附錄設計｜王慧雯　行銷企劃｜陳詩茵
天下雜誌群創辦人｜殷允芃　董事長兼執行長｜何琦瑜
媒體暨產品事業群
總經理｜游玉雪　副總經理｜林彥傑
總編輯｜林欣靜　行銷總監｜林育菁　副總監｜蔡忠琦
版權主任｜何晨瑋、黃微真

出版者｜親子天下股份有限公司　地址｜台北市 104 建國北路一段 96 號 4 樓
電話｜ (02) 2509-2800　傳真｜ (02) 2509-2462　網址｜ www.parenting.com.tw
讀者服務專線｜ (02) 2662-0332　週一～週五 09:00 ~ 17:30
讀者服務傳真｜ (02) 2662-6048　客服信箱｜ parenting@cw.com.tw
法律顧問｜台英國際商務法律事務所 · 羅明通律師
製版印刷｜中原造像股份有限公司
總經銷｜大和圖書有限公司　電話｜ (02) 8990-2588

出版日期｜ 2020 年 10 月第一版第一次印行
　　　　　 2024 年 6 月第一版第六次印行
定價｜ 300 元　書號｜ BKKP0261P　ISBN｜ 978-957-503-672-0（精裝）

訂購服務 —————————————————
親子天下 Shopping｜ shopping.parenting.com.tw
海外 · 大量訂購｜ parenting@cw.com.tw
書香花園｜台北市建國北路二段 6 巷 11 號　電話｜ (02) 2506-1635
劃撥帳號｜ 50331356　親子天下股份有限公司

立即購買 >

等啊等,在排什麼隊呀?

文·圖 **高畠那生**　譯 黃惠綺

等ㄉㄥˇ啊ㄚˊ等ㄉㄥˇ，等ㄉㄥˇ啊ㄚˊ等ㄉㄥˇ，在ㄗㄞˋ排ㄆㄞˊ什ㄕㄣˊ麼ㄇㄜ˙隊ㄉㄨㄟˋ呀ㄧㄚ˙？

等ㄉㄥˇ啊ㄚˊ等ㄉㄥˇ， 等ㄉㄥˇ啊ㄚˊ等ㄉㄥˇ， 排ㄆㄞˊ隊ㄉㄨㄟˋ買ㄇㄞˇ章ㄓㄤ魚ㄩˊ燒ㄕㄠ。

咦……又要排？

等ㄉㄥˇ啊ㄚ等ㄉㄥˇ，等ㄉㄥˇ啊ㄚ等ㄉㄥˇ，在ㄗㄞˋ排ㄆㄞˊ什ㄕㄣˊ麼ㄇㄜ˙隊ㄉㄨㄟˋ呀ㄚ˙？

等ㄉㄥˇ啊ㄚ˙等ㄉㄥˇ， 等ㄉㄥˇ啊ㄚ˙等ㄉㄥˇ， 排ㄆㄞˊ隊ㄉㄨㄟˋ買ㄇㄞˇ甜ㄊㄧㄢˊ甜ㄊㄧㄢˊ圈ㄑㄩㄢ。

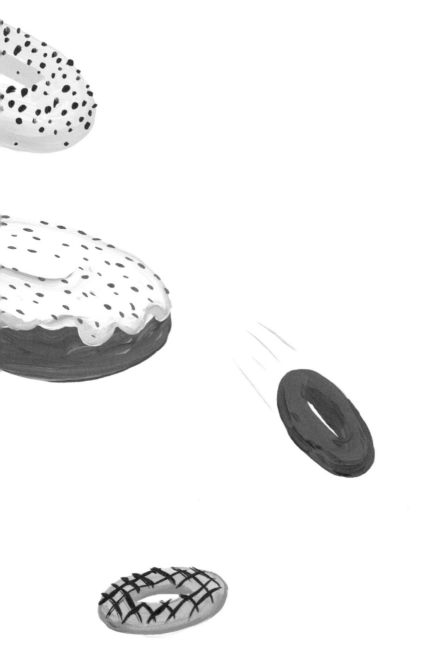

唉ㄞˊ呀ㄧㄚ……怎ㄗㄣˇ麼ㄇㄜ˙又ㄧㄡˋ要ㄧㄠˋ排ㄆㄞˊ？

等ㄉㄥˇ啊ㄚˇ等ㄉㄥˇ， 等ㄉㄥˇ啊ㄚˇ等ㄉㄥˇ， 在ㄗㄞˋ排ㄆㄞˊ什ㄕㄣˊ麼ㄇㄜ˙隊ㄉㄨㄟˋ呀ㄚ˙？

等ㄉㄥˇ啊ㄚ˙等ㄉㄥˇ，等ㄉㄥˇ啊ㄚ˙等ㄉㄥˇ，排ㄆㄞˊ隊ㄉㄨㄟˋ摘ㄓㄞ蘋ㄆㄧㄥˊ果ㄍㄨㄛˇ。

啊ㄚ——

肚ㄉㄨˋ子ㄗ˙好ㄏㄠˇ飽ㄅㄠˇ啊ㄚ，已ㄧˇ經ㄐㄧㄥ吃ㄔ不ㄅㄨ˙下ㄒㄧㄚˋ啦ㄌㄚ˙！

等ㄉㄥˇ啊ㄚˊ等ㄉㄥˇ， 等ㄉㄥˇ啊ㄚˊ等ㄉㄥˇ， 這ㄓㄜˋ次ㄘˋ又ㄧㄡˋ在ㄗㄞˋ排ㄆㄞˊ什ㄕㄣˊ麼ㄇㄜ呢ㄋㄜ？

隊伍排得好 ——————

長啊！

肚子怎麼發出怪聲音？

這ㄓㄜˋ …… 這ㄓㄜˋ是ㄕˋ在ㄗㄞˋ排ㄆㄞˊ什ㄕㄣˊ麼ㄇㄜ˙隊ㄉㄨㄟˋ呀ㄚ˙？

等ㄉㄥ啊ㄚ等ㄉㄥ， 等ㄉㄥ啊ㄚ等ㄉㄥ……
……快ㄎㄨㄞ要ㄧㄠ等ㄉㄥ不ㄅㄨ及ㄐㄧ了ㄌㄜ啦ㄌㄚ！

呀── 呼！這個隊伍看起來輕鬆又暢快！

咦ˊ⋯⋯ 又ㄧㄡˋ要ㄧㄠˋ排ㄆㄞˊ？

高畠那生

日本岐阜出生。
東京造形大學美術學科畢業。
現在以繪本作家、插畫家等身分活躍中，
另外也常舉辦以繪本為主的工作坊。
繪本作品《青蛙出門去》獲得
第 19 屆日本繪本獎。

譯者 黃惠綺

畢業於東京的音樂學校，
回臺後曾任日本詞曲作家在臺經紀人。
致力於推廣繪本閱讀的美，
現在為「惠本屋文化」書店的店主、
童書譯者。

小小思考家

陪兒童一起想
一起談
一起問

── 專家推薦 ──

楊茂秀
毛毛蟲兒童哲學
基金會創辦人

朱家安
簡單哲學實驗室
創辦人

何翩翩
牧村親子共學教室
創辦人

陪孩子從提問開始，進行思考實驗
楊茂秀 毛毛蟲兒童哲學基金會創辦人

「小小思考家繪本系列」為父母、教師提供：如何向各種年齡層的孩童學習提問，養成提問的態度與習慣。換句話說，成人得要向小孩、也就是人類文化的新成員學習，而那是大人對小孩最恰當的尊重。
若期望透過共讀繪本進行思考力培育，最重要的是成人與兒童、老師與父母，共同經營探索社群，以合作的態度，透過繪本內容延伸與提問，協同面對生活的各個層面。

「小小思考家繪本」陪親子讀出思考力
聽專家們分享兒童思考力培育的觀察與經驗，同時也聽他們說說為什麼親子需要「小小思考家」繪本系列。

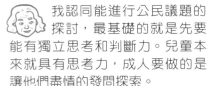

Q 「小小思考家」企劃緣起是因為期望兒童成為一個世界公民，而許多研究公民教育的專家反映，從小學習關注公民權益，首先需要培養思考能力，您認同嗎？

我認同能進行公民議題的探討，最基礎的就是先要能有獨立思考和判斷力。兒童本來就具有思考力，成人要做的是讓他們盡情的發問探索。

這個企劃緣起很好，公民意識和思考能力、思辨能力是密切相關的。

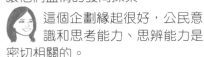

我認同。公民對外需要思考和理解能力來跟立場不同者溝通，發揮多元社會的精神；對內也需要思考和理解能力來做判斷，才能活出自己認同的美好人生。

Q 透過親子繪本共讀能夠培育思考力嗎？

孩子都喜歡聽故事，繪本故事是最好的思考力培育素材，只要故事能引起他們在生活上的連結與討論，就能進行思考力練習。所謂的思考力培育就是追隨孩子的提問進行思考探究，其深度和方式可隨孩子的狀態調整。

當然可以，但是幫學齡前的孩子挑可供討論的繪本主題要越具體，內容要越貼近生活。

只要有空間來形成討論，共讀就能培育思考力。《小小思考家》系列目前每冊都規劃出討論用的題目和遊戲，也是很好的起點。

Q 「小小思考家」參照「教育部十二年國教中的十九大議題」作為繪本的選題。如果你可以為這個系列選書或企劃，您會希望增加哪些主題或內容呢？

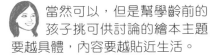

進行思考力培訓，重要的是成人的態度與共讀的方法。孩子們總是真誠的回應他們看見的，只要故事主題貼近孩子的生活即可。如果能有更多臺灣創作者自製的繪本，而且有更開放性的敘事方式會更好。

期望主題能更貼近臺灣孩子的生活經驗，像是：建立自我價值感、勇於展現自己的想法等。另外，思考力很抽象，通常都需要有討論或實際活動引導，所以書末的思考活動設計很好，讓思考力培育能搭配遊戲活動。

期望故事能打破刻板印象，擴大孩子對生活的想像。目前書末結合故事主題設計的思考活動和遊戲我相當喜歡，讓孩子練習思考，也讓成人練習陪伴孩子思考。

《等啊等，在排什麼隊呀？》親師活動與遊戲手札　設計者 | 溫美玉老師　溫老師備課 Party 創辦人

什麼是從眾？

生活中有不少人常「跟風」，雖然不知為何排隊，但總覺得萬一自己沒跟上，就是一次損失。在心理學上，這樣的「從眾效應」是指一個人會受到大多數人的影響，開始懷疑並改變自己的觀點，朝著和大多數人一致的方向思考。

在「他人認同」和「做自己」之間的選擇

「從眾」究竟對不對？沒有正確答案，但至少可以學習不「盲從」，在做出從眾的決定前，學習反思兩個問題，第一個是：「我為什麼要做這個決定」，也就是為決定多做停留的思考過程！第二個是延伸思考在群體生活中，對於「追求大多數人認同」和「做自己」之間的選擇和選擇的原因。

⚠ 提醒：**1** 思考議題是扣緊故事的內容和主題發展，提供教師或爸爸、媽媽參考，可作為共讀討論的方向之一，不是唯一。
2 共讀討論時，請放下成人什麼都應該懂的心態，將自己化身為讀者，而非教育家，一同與兒童思考、探究、討論各自有興趣內容即可。

我和大家想要的不一樣？

活動人數：約 4-6 人
準備道具：一個小盒子（或小容器）、數張小便條紙或空白紙卡（每一個人取三張紙卡，一張寫「〇」，一張寫「X」，另一張是空白的）、一張 A4 大小的紙寫上每一個參與者的名字。

以下有七個關卡，每一個關卡有一個生活中的情境提問。
大家組成一個探險隊，進入一個關卡，就請一個人朗讀提問，接著每一個人再回應並分享討論。（各關卡提問請參考下一頁）

STEP1

每一個關卡提問唸完後，各自將紙卡放進小盒子中。如果同意放入「〇」的紙卡；不同意則放入「X」；不確定時請丟入空白卡。

⚠ 提醒：先不要看其他人丟進的紙卡內容。

STEP2

帶領人確認紙卡都放入盒中後，可清點「〇」和「X」，或空白紙張的數量，讓大家看看是哪一個數量比較多，並請大家猜猜不同回應的人，可能是什麼原因。

⚠ 提醒：請帶領人提醒選擇「〇」、「X」或空白沒有對錯，重點是每一個人要說出自己選擇的原因。

START
起點

關卡
1

班上同學都不跟小花玩，我不討厭小花，那我應該和大家一樣不跟她玩嗎？

關卡
2

下課時間我想排隊玩盪鞦韆，但有好多人在排隊，我還要繼續排嗎？

關卡
3

班上好多人都有佩佩豬鉛筆盒，我也要買一個嗎？

關卡
4

同學們都有出過國，我也想出國！我應該求爸媽帶我去嗎？

關卡
5

看到夜市裡有一個蔥油餅攤位很多人排隊，而且很香，我要去排嗎？

關卡
6

我想在下課時看故事書，但下課時同學都在玩，我不跟同學玩，自己在座位上看書會很奇怪嗎？

關卡
7

舉手表決校外教學的地點，全班大部分人都選要去遊樂園玩，但我想去爬山，我要和大家選一樣嗎？

END
終點

STEP3

接著大家拿回自己放入的紙卡，開始討論自己選擇「○」或「×」或空白的原因。

⚠ 提醒：請大家先在同一張 A4 紙上，自己的名字旁記錄每一個提問討論中，自己的回應是「○」或「×」或「空白」。

討論句型
我選擇「○」，是我想和大家一樣，因為 ＿＿＿＿＿＿＿＿＿＿＿＿＿。
我選擇「×」，是我不想和大家一樣，因為 ＿＿＿＿＿＿＿＿＿＿＿＿＿。
我選擇「空白」，是因為 ＿＿＿＿＿＿＿＿＿＿＿。

STEP4

重複 STEP1-3 的步驟，直到大家抵達終點後，活動才結束，最後每一個人可統計自己在討論過程中，有多少「○」或「×」，或空白。

討論句型
我發現我選擇「○」比較多，因為 ＿＿＿＿＿＿＿＿＿＿＿＿＿＿＿＿。
我發現我選擇「×」比較多，因為 ＿＿＿＿＿＿＿＿＿＿＿＿＿＿＿＿。
我發現我選擇「空白」比較多，因為 ＿＿＿＿＿＿＿＿＿＿＿＿＿＿＿＿。

我和大家想要的不一樣？

下方有六個提問，請讀完題目後，在回應的格子中勾選你的回應。

Q1
舉手表決
校外教學的地點，
全班大部分人都選
要去遊樂園玩，
但我想去爬山，
我要和大家
選一樣嗎？

要　不要

Q2
下課時間
我想排隊盪鞦韆，
但有好多人在排隊，
我還要繼續排嗎？

要　不要

Q3
班上好多人都有
佩佩豬鉛筆盒，
我也要
買一個嗎？

要　不要

Q4
同學們
都有出過國，
我也想出國！
我應該求爸媽
帶我去嗎？

應該　不應該

Q5
看到夜市裡
有一個蔥油餅
攤位很多人排隊，
而且很香，
我要去排嗎？

要　不要

Q6
同學們下課
都喜歡踢足球，
但我不喜歡踢，
我要假裝
自己喜歡，
融入大家嗎？

要　不要

請回應以下的問題：

❶ 如果你勾選了方形的格子，請用色鉛筆把那顆氣球塗滿同一種顏色，並數一數塗上顏色的氣球和沒塗上顏色的氣球分別有幾個？
塗上顏色的有 _____ 個；
沒塗上顏色的有 _____ 個。

❷ 塗上顏色的氣球表示你和別人做了不一樣的選擇，你發現了嗎？你塗上顏色的氣球比較多，還是比較少？

❸ 請選一格你塗上顏色的氣球，說說看為什麼選擇「不」呢？

❹ 請選一格你沒塗上顏色的氣球，想想看為什麼選擇和其他人一樣呢？